억새꽃 소묘

억새꽃 소묘

2025년 2월 19일 제 1판 인쇄 발행

지 은 이 ｜ 이희동
펴 낸 이 ｜ 박종래
펴 낸 곳 ｜ 도서출판 명성서림

등록번호 ｜ 3012014013
주   소 ｜ 04625 서울시 중구 필동로6(2,3층)
대표전화 ｜ 02)22772800
팩   스 ｜ 02)22778945
이 메 일 ｜ msprint8944@naver.com

값 10,000원
ISBN 979-11-94200-69-7

억새꽃 소묘

이희동 시집

도서출판 명성서림

✍ 필자의 변辯

정성과 노력이 부족했나 보다
제4집을 내고 난 뒤 돌쩌귀 있는 번듯한
기와 한 채 지어 보겠다고 터울도 길었는데
이번에도 역시나 볼품없는 와가로
전락하고 말았으니 변명할 여지가 없다.

짧막한 글 한 줄도 제대로 엮지 못하면서
감히 글쟁이라고 할 수 있겠는가
詩는 자기 마음 닦는 거울이라 해서
성에가 끼지 않도록 닦고 닦아 보는 것이다.

유명작가의 글에 비하면
심히 부끄럽지만 지인이나 독자들과 글 속에서
나마 만나고 싶어 졸서를 엮어 상재한다.

2025년 초봄에
이희동

필자의 변

2

초가을 오후

4

부부의 인연

1부

황혼 나그네

매화

꽃눈을 머금고
동절冬節을 징검다리 삼아
천년 고난을 인내로 이겨낸
고고한 선비정신

사무치게 뼈 시려도
설한을 견디어
추위가 묻어나는 발그레한 뺨

얼어붙은 세월
변함없는 절개의 넋으로
영원한 향기를 피워낸
청순한 기품

마디마디 피멍을 찍고
수잠*을 감내하면서
빛으로 디미는 맵시
한사코 꺼지지 않는 불씨를
뿌리깊이 간직한
붉은 꽃망울 하나

*수잠: 깊이 들지 않은 잠

입춘

졸졸졸
개울물 풀리는 소리
애잔한 숨결소리

삭풍은 멀어져 갔지만
나는 그저 안쓰러워
들풀로나 비켜 앉을까 싶다

산들바람이
훈기를 데려와서
처마 끝 고드름이 낙숫물 뚝뚝 듣는데
먼 산의 잔설이
희끗희끗
을씨년스럽기만 하다

그동안 얼마나 듣고 싶었던가!
초봄을 여는 갈림길에서
동장군 물러가고
새 생명 기지개 켜는 소리들…

입추

찌는 한증막 속에서
헛구역질 심하게 입덧을 하면서
삼복이 세 놈과 싸우더니
우리 집에 경사 났네!
복덩이가 찾아왔구나

"애, 어멈아
우리 산모가 애 많이 썼구나
어서 귀둥이 한번 안아보고
젖꼭지 물려주렴"

쌀 씻어 미역국 끓여서
희고 덤덤한
첫국밥 차려 주어야겠다

이제 마 ~ 악
빗장을 여는 초가을

어머님 제삿날

동장군 몰아치던 섣달 보름날
삼베옷 단벌 차림 북망산으로
배웅도 마다하고 홀로 가신님
얼마나 추우실까 엄동설한에
임종도 못 해 드린 못난 불초자
내려 보신 달님은 망모님 모습

끝없는 희생으로 보살피실 제
더위에 지칠세라 부쳐 주시고
얼음장 될까 보아 품어주시던
정 깊고 인자하신 우리 자모님
오로지 자식 걱정 애만 태우는
어머님의 성심을 몰랐습니다

앉으나 누우시나 자식 사랑에
하루도 편하실 날 없으셨지요?
소자小子가 철이 없어 뒤늦게서야
어버이 크신 날개 알았습니다
소반小盤에 나물반찬 소반素飯,蔬飯이지만
다디달게 많이 더 잡수시 오서

돌실댁* ‐ 모시한복

성하의 삼복지절에
빳빳이 풀 먹인
세모시적삼 안깃에
꼭꼭 숨어 봉긋 솟은
백옥 같은 돌실댁의
새하얀 앙가슴을 보랑께

자칫하면 성희롱
구설수 될 수 있으니
겨자씨만큼만 보소

날아갈 듯 여민 맵시
우아한 자태
정갈한 기품
내면에 숨어있는 고상한 품격
외모로 비추이는 귀부인 위상

어쩌면
올여름 폭염에
서광이 비칠 것만 같은 예감
온 누리 삼라만상이
거기에 다 있다 하더이다

* 돌실댁 : 석곡의 귀공녀를 묘사

촛불

자신을 태워 가면서
어둠을 밝히는
눈물의 불꽃

어둠 속 더듬어 살피는 손길
전신을 태워 빛으로 바꿔
마음엔 온갖 근심이 사라지고
침묵의 그림자가
방안을 가득 채웁니다

제 몸 태우며 스러져 가는 아집
누구를 위한 희생인가
꺼지지 않는 집념으로
멀고 먼 내일의 희망을
비춰 줍니다

칠흑같이 깜깜한 벼랑 끝에 서 있는 밤
육신으로 소지燒紙 사른 암울한 사바세계

지존의 보살핌으로 영혼을 불태우며
원망으로 가득했던 지난 세월

당신의 보살핌에
나도 차마 토하지 못할 눈물을
그렁그렁 흘려 봅니다

오일장

이장저장 돌고 돌아 읍내에 장이서면
조용한 시장 통이 잔치마당 열리는 날
덩달아 나도 한 번 땟국물 빼서 입고
모처럼 광을 내고 구경하러 가는 날

전골백반 한 상에다 호로병 동동주로
주안상 마주 하고 정답게 둘러앉아
뜨악한 이웃 하고 화해 한 번 하고 나면
오해가 풀어지고 삶이 살아 숨 쉬더라

어려운 사돈 뵈며 안부를 사고팔고
임의로운 불알친구들 찐한 농담 팔고살 때
질펀한 쇠전머리 파장을 건너뛰어
길다는 하루해가 아쉽기만 하여라

지갑이 얇은 탓에 뒷심이 물러져서
알뜰히 쌈지 속에 꼬깃꼬깃 꼬불친 돈
간갈치 한 손 하고 석유 한 병 꿰어차면
다음장 설 때까지 닷새부자는 될 것같아라

은행알 에피소드

한여름
뜨거운 열기로
파란 세월 다 보내고
이제 삶겨서
노란 황금알로 익었나 보다

만추가 무르익은 늦가을
가지마다 찢어지게 내려앉은
금화 열매가
당첨을 고대하는 로또 되어
추첨만 기다리고 있다

황금만능 탓이었을까?
은행銀杏을 털었더니
은행銀行을 털었다고
은행알 때문에
전달이 잘못되어서
전과자가 될 뻔한 적이
한 번 있었다

현충원에서

이름 없는 고지에서
번지수도 없는 계곡에서
자신의 안위는 돌보지 아니하고
오로지
끓는 피 젊음만을 바쳐
산화해 가신 호국영령님들

저마다
10만 8천의 각개병사 되시어
질서도 정연하게
현충원 연병장 한낮의 뙤약볕 아래
부동자세로 도열하시어
사열식을 거행하십니다.

풋보리 이삭 누렇게 고개 숙인
애절한 호국보훈의 달 6월
구천을 떠도는 노병들의
기백과 복창復唱 소리는
여전히 쩌렁쩌렁 의연毅然하게
울려 퍼지십니다

퍼붓는 포화 속에서
장렬하게 최후를 마치시고
젊은 피 헛되지 않게
풀꽃으로 승화하신 임들이시여
고이 잠드소서

산하 山河

한동산* 우뚝 솟아 돌실을 굽어보고
보성강 굽이돌아 누리를 감싸주네
태산의 우람함은 아버님 표상
대하의 도도함은 어머님 심상
양대의 산과 강은 양친부모님

진산의 메아리소리
엄부님 회초리훈육 큰 기침소리
대황강* 온화한 물결은
자모님 젖향기 품속 속적삼 숨결

양친부모 보호받은
고장의 건아들은 축복받은 후예

축복받은 자랑스런 후생들이여
대망의 나래를 펼칠지어다
숭고한 이상을 추구할지어다
포부와 긍지를 갖고
매사 만사에 전진할지어다

* 한동산 : 필자의 고향 진산
* 대황강 : 필자의 고향 젖줄인 보성강

황혼 나그네

어둠이 내려오는 석양길 따라
맥없이 길을 나선 낯익은 길손

괴나리 단봇짐이 힘에 겨워서
명예와 부귀영화 내려놓은 채

구천길 문전에서 고해야 하는
꼼꼼히 챙겨 넣은 전입신고서

저승사자 재촉하는 황천역으로
억지로 따라가는 서산 늙은이

염라대왕 굽어보는 종착역까지
가쁜 숨 몰아쉬며 걷는 나그네

첫사랑은

사랑 하면서도
사, 사 하면서
사자字 한 자를
입도 뻥긋 못하고
속으로만 되뇌이는 속사랑

속으로는 사랑한다 사랑한다
자신하면서도
마주 보면
어정쩡하게 돌아서는
바보가 된 풋사랑

먼 발치에서 바라만 보아도
마냥 황홀 하면서
막상 가까이 다가서면
더듬이가 되어
가슴 떨리고
눈앞이 캄캄한 암흑 사랑

이래저래 첫사랑은
열렬히 예행연습만 하다가
막을 내린 텅 빈
허무한 하얀 조약돌 사랑

오리무중

짙은 안개 한 필 끊어다가
두툼한 솜옷 한 벌 지어입고

이쪽으로 가야 하나
저쪽으로 가야 하나

더듬더듬 더듬으며
나아가는 인생길

한 치 앞을 모르는
깜깜한 길

은행나무 아래에서

늦가을의 고요한
텅 빈 적막
날씨가 쌀쌀해지는가 싶더니
어느덧 입동도 넘어갔네

누구나
풀벌레 소리에 가슴 두근거림으로
자꾸만
추억을 찾아 그리움에 묻혀
스산하기만 하는 십일월

짧은 해는 서산으로 점점 멀어져 가는데
노란 은행잎들만 낙엽 되어
발밑에 하나 둘 포개지고 있네

쉼터

석곡에서
까까머리 시절에
고장의 최고학부에 적을 둔
석중의 후예들

삶을 따라 생을 찾아
전국 방방곡곡에 분포해서
알토란 삶을 일궈내고
고희를 넘기고 산수가 내일모레

형극의 세월, 인고의 나날
고난의 가중, 박빙의 순간
긴장의 연속, 땀으로 점철된
질곡의 터널을 빠져나와
휴식의 안착역에 닿을 듯 말 듯

담금질 끝낸 우리 님들
이리 보아도 저리 보아도
알차고 값진 장밋빛 황혼

이제 그만
멍에와 굴레를 벗고
편안한 노후를 만끽하시라

미련未練

심중에 가득한 진한 추억 하나
어렵사리 지웠는데

다시는 생각하지 않겠다고
등 돌리고 돌아 섰는데
또 다시 따라오는
가슴 먹먹한 그 무엇

옆으로 고개 돌리며
아니다 싶어 손 내저어도
자꾸만 따라붙는 진솔한 그림자

영영 떨쳐내지 못하는 이 내 심사는
내가 너무 미련한 탓일까?

반구정 伴鷗亭*

갈매기를 동반한 정자
소풍의 명승지 반구정을
구전으로만 따라 칭稱했던
방구쟁이, 방구쟁이

맴는 듯 잔잔하게 흐르는
대황강 청려수 흘러 휘돌아 나온 자리
가파른 낭떠러지 위에
우뚝 지어진 정자는
부여의 낙화암과 쌍벽을 이룰 만 하는데

세태의 변화로
옛 번화했던 터는
자취만 남아있고
백구는 간 곳 없이
싸늘한 찬바람과 함께
괴괴한 정적靜寂만 흐르는데
붉은 저녁노을만이
예나 변함없이
가까이 찾아주는구려

* 반구정 : 필자의 고향 옛 으뜸명승지

33

모교사랑

앞뒷뜰 좋은 터에 자리를 잡고
고장의 최고학부로 자리매김 한
교명도 자랑스런 석곡중학교
까까머리에
교모를 단정히 눌러쓴 남학생
단발머리에
하얀 컬러가 돋보인 여학생
동문수학 하는 남여공학이라네

날로 새로워라
교훈의 고고한 뜻 이어받아
교사校舍는 날로달로 일진월보해서
가난티를 완전히 벗어난 귀부인貴婦人 위상

대도시
어디에 내 놓아도
결코 손색이 없는
석중의 귀동자들 배움의 전당이어라

바라건대

대황강의 용이 승천할 지어다

보성강의 기적을 이뤄낼 지어다

교가의 심오한 이념 계승하야

훌륭한 인재를 길이길이 배출할 지어다

억새꽃 소묘

고뇌의 악조건 딛고
질긴 뿌리내린 인고

찬연했던 날들도 있었건만
한탄 없는 삶도 있으려만
긴– 설움 쓰라린 상처 달래고
둥지깃 나래를 펴
창공을 날고픈 욕망

바람이 자면
새색시처럼 얌전하다가도
바람이 불면
완숙한 가을을 호령하는
장수의 본 모습

하얀 수염 나부끼며
주눅 들지 않고
억세게 살았노라고
외쳐대는 산신령 같은 저 기백 !!

서산 죽마고우

벗님들의 삶은
한 폭의 못다 그린 수묵화
세월을 넘나드는 정점의 기로에서
어둠을 뚫고 역경을 헤쳐 나온
영원한 불사조의 위상

낙엽 지는 늦가을 문턱에서
걸어온 발자취 영상에 담으니
한창의 성하는 필름에 감기고
나이테 늘어나 연륜을 쌓은
고희의 노신사가 미소 지을 때
노후의 허무함은 그 안에 재중

산전수전 다 격은 황혼의 노익장들
지나온 반생에 미련이 남아
지난날 회고하며 잠시 주차중
다가올 산수는 서광이 비칠지니
환희의 회심가를 불러나 보자
미완성 자화상에 채색을 하자

동병상련 – 선풍기를 치우며

도는 것이 숙명이라
돌지 않고는 못 배긴 너
너와 나도 한때는 잘 나갔던
과거의 한 페이지

한 철 동안
염천을 휘어잡았던
개선장군이
이제는 자루 속에 갇히어
창고지기로 전락하고

혈기왕성 할 때
산전수전 다 겪은 나도
황혼에 떠밀려 처량한
뒷방 늙은이 신세

내년여름 돌아오면
너는 또 다시 돌 수 있지만
볼 장짐 다 본 나는
날고는 싶어도 날지 못하는
안타까운
무용의 날개로다

입춘마중

가지마다 손흔들며
미동하는 낌새
설레임으로 가득찬
환한웃음들

눈부신 기다림중에
봄은 벌써 저-만큼
다가오는데
뒤늦게 몰아친 폭설은
무슨 시샘일까?

삭풍 밀어내고
봄을 기다리는
목마름의 문턱에서
안겨오는 봄의덩치가
무겁게만 느껴진다

그래서
입춘대길
건양다경
춘방써서 붙히기가
머뭇머뭇하기만하다

2부

초가을 오후

황혼의 문턱에서

여보게,
우리 늙어 일그러진 육신
너무 서러워 마소
오랜 세월 별 탈 없이 잘 살아 왔으니

굽이굽이 시린 가슴 뜯어보면
즐거운 시절도 많았었지

여보게,
이제 젊음으로 돌아가자고
조르지 마시게
안 좋았던 기억의 편린들은
미련 없이 다지우고

앞으로 남은 세월
즐거웠던 기억들만 건져 올려놓고
흥겨운 멜로디만을 저장 하리니
이제부터는 어깨춤 추어가며
신나는 일만 이어지기를

웃는 날만 쭈욱 남아있기를.....

자화상 I

공중에 떠가는
바람 빠진 고무풍선 되어
실속 없이 텅 빈 황혼녘 실상

투박한 뚝심으로
미련한 옹고집으로
부딪치고 튕겨져
따돌림 당하면서도
제 멋에 겨워 맨손으로
바위처럼 버티며
묵묵히 지나온 허상

마음은
가을들판처럼 풍요롭지만
아무것도 손에 쥔 것 없는
빈 껍데기뿐

장단 맞추다 처박아 놓은
가죽 터진 장구상

자화상 II

거울에 비춰진 어느 화상
누구일까?
세파의 무게에 억눌려
숱한 고생만 하다가 찌그러진 몰골

생존경쟁에서 낙오되어
그만 기권하고
조롱 안에 갇혀있는 새 한 마리

세찬 비바람에도 꺾이지 않으려고
몸부림치던 지난세월
청솔밭 달무리로
꿈을 찾던 긴한 세월도 있었지

삶의 무게에 억눌린 것쯤이야
한때의 꽃샘추위로 여기고
대물린 그 직성대로
보람으로 견뎌 내었지

이제 지나온 날 보다 지나갈 날이
얼마 남지 않은 마투리 삶
앞으로 무엇을 얼마나 더
욕심낼까 싶기만 하다

섣달 그믐날 밤

먹물처럼
밤은 깊어만 가고

달력 한 장
목매달아 걸렸는데

원망도 눈물도 없이
끝없는 세월에

모두가 회한에
사무치는 지난날이

무심한 추억으로
쓸쓸히 지워지는 밤

할머니 덕담을
베개 삼아

배춧잎 상상하며
포근히 잠이 드는
섣달 그믐날 밤

가을길

우리
가을 길을 걸읍시다
찬바람이 불어와도
양볼이 시리어도
두 손을 꼭 잡고 걸으면
어느 사이에 우리들 마음도
가을빛으로 곱게 물들어
짤막한 한 편의
시가 되지 않을까요?

우리
다정히 손잡고
두평고을 용문산
단풍 길을 어울려
걸어봅시다

용문사 은행나무처럼
우듬지에 꽃도 한 번
피워 봅시다

우수

동장군 왔던 자리
빙설이 희끗희끗

술 취한 꽃샘추위
비틀비틀 팔자걸음

흥얼대는 시냇물은
나직나직 소곤소곤

비 그친 들판에는
아지랑이 아롱아롱

싹트는 가지마다
새 희망이 파릇파릇

가지 끝에 부는 바람이
훈기를 데려오면

처마끝 고드름이
눈물 뚝뚝 흘린다네

경칩

초봄을
반기는 춘돌이가
큰 구두를 신었으니
발도 넓으시지

눈먼 꽃샘바람도
요리조리 걸러내어
가쁜 숨 고르기 할 때 마다
꽃대궁 뽑아 올리지요

담을 넘는 개나리가
열어가는 활주로 따라
무한히 펼쳐지는 창공의
아지랑이한나절엔

목 잠긴 목동들의
서투른 피리소리가

더 가까운 이웃으로 다가와
함께 동행하자며 손을 내밀지요

따스한 햇볕이
격자문으로 안부를 물어오고
땅속의 벌레가
동면에서 깨어나는 날

중복날

삶아라.
아주 푹욱푹 쪄라
어디 누가 이기나
한 번 해보자

어쩌면
가마솥에
통째로 넣기만 해도
저절로 금방 익을 것만 같다

올 여름
서월暑月 에도
빼먹지 않고 찾아온
눈엣가시 둘째놈

줄 것이 마땅치 않구나
설익었지만
이것이나 처 묵고 썩 꺼져라

아 ~ 나 감자

금연

달착지근하고
까실까실한 입이
담배연기 한 모금
반길 때마다
이번만 딱 한번만 하면서
자꾸 손이 가던 날

소소한 작심도 못하는
줄 담배 왕 골초를
가까이 지켜보면서
용기주고 거들어준 우군友軍

혼자 힘으로 버거울 때
공동 대응해 준 응원군
조강지처 내 편

이번에는 오기傲氣로 성공했으니
벼슬자리 한 몫은 따 놓은 당상이렷다

만만한 감투 하나 쓰기보다
더 어려운 담배 끊기

초가을 오후

염천의 무더위는 꼬리를 내리고
초가을 하늘에는 한가로운 구름 몇 점

고향집 슬레이트 지붕위에
늙은 호박 두어 개 마주보고 누워 있고
더는 바랄 것도 없이 알뜰한 삶 그대로였다

따뜻한 햇볕 아래
세상 근심걱정 없었던 것 처럼
포근한 일이 어디 또 있으랴

어머니의 홀쭉한 젖무덤 가까이서
안일했던 그림자

그 허허로운 자취여
토실토실 했던 행복이여

일출

귀 기울여
안 들어도 들리는
박동의 드높은 소리

꿈틀대는 생명력으로
알몸 드러낼 환희에 찬 순간

힘찬 날개 퍼덕이며
비상하는 저 웅지

찬연한 미래가
온 누리를 끌어안고
동방에 떠오르니

두 귀 쫑끗세운
영민한 검은 토끼와 함께
희망찬 새해가 밝아오는
뜨거운 불덩이

* 계묘년 새 해 아침

겨울밤

긴 긴 겨울밤
자면서 뒤척이다 깨어보니
혼자서 떨고 있는 전등

빈 자리는
대낮같이 환한데
십리 밖으로 달아난 잠은
두어 시간 지난 후에도
그저 그대로

밖은 칠흑같이 어두운데
반을 잃어버린 쪽달아래
싸락눈 가루 흩날리고
칼바람 소리만 씽씽

행여 달아난 잠이
다시 찾아올까싶어
옆으로 돌아누운
웅크린 미련

삶이란

삶이란
기쁨도
슬픔도
밀물같이 밀려오고

슬픔도
기쁨도
썰물같이 빠져 나가고

세상살이는 다 그런 것
밀려 왔다가
밀려가는 것

생존경쟁 하면서
아귀다툼 하다가도

때로는 텅 빈 자리에
혼자만 덩그러니
서 있기도 하는 것

봄날에

안개 걷히자
아지랑이 타고 내려온
따뜻한
봄 햇살 한 줌

문턱을 넘어
내게 다가와
사알짝 눈인사 하면서

날씨도 화창한데
방에만 있느냐고
함께 봄나들이 가잔다

또 한 해가

고목에 새 순 돋던
환희도 그 때 뿐

불타는 단풍잎이
가슴 아리게 고왔는데

올해도 철 못든채로
세월 너만 바쁘구나

코로나 19 창궐로
진열장 문 개봉 못 하고
켜켜이 아득하던
삼백 예순 쌓인 날들

세밑의 구세군 요령 소리도
쓸쓸하게 머문 채
또 한 해가 아쉬워라

입추 무렵

나락이 익는 소리에
개가 짖는다는 절기

오뉴월 삼복더위가
징글 몸서리나게 미웠는데
삼복이 이놈들
이제 부터는 꼼짝 못하겠지

찬바람 두어 점이
가지 끝에 묻어나고
높아지는 창공으로
고추잠자리 날고
때 이른 코스모스
벌써 저만치 피어나니

다가올 만추의 향연무대
바라보고 있을 것이다

처서

더위가
제 자리를 찾아간다는 절기
이날에 비가 오면
독안의 곡식이 줄어든다는데
비가 오든지 말든지
우선 시원해서 승천 할 것만 같다

더위에 갇혀 있다가
긴 터널을 빠져나온
내 세상천지
오랜만에 몸을 푼
청상과부의 생기 넘치는 일상

이럴 때
시원하고 텁텁한
탁배기 한 사발
쭈욱 들이킨다면
어디 덧나지는 않겠지

돌실의 후예 後裔

돌 석자 골 곡자
돌 골짜기
칭하야 돌실이라
돌과 연을 맺어
석곡이 텃자리 외다

많고 많은 돌중에
돌멩이도 둘이
머릿돌도,
디딤돌도,
주춧돌도 돌이외다

오늘도
만호장안에서
날줄과 씨줄을 엮는 돌실님들
주춧돌이 되시라
반석이 되시라

견고한 초석위에
대망의 큰뜻 펼쳐 나가시라

보리밭

푸른 초록 5월이 되면
들려오는 청아한 유년의 노래

한동산 산마루 휘돌아 넘어
갯벌끝 녹색 들판으로
은빛 햇살 가르며 익어가는 보리 내음에
꿈을 키우던 초원의 바다

보리피리 불며
넘실거리는 하늘끝 이랑사이로
깜부가 찾아 함께 했던
머스마와 가스나들

7부 능선 끝자락
황혼녘 황량한 들판에서
서로의 안부를 물어본다

부부의 날

청춘시절 지나서
열정은 식어만 가고
지나온 세월만큼
연민만 더해진
부부라는 이름의 인칭대명사

청결해라
깔끔해라
과음하지 마라
또 시작되는 잔소리 및 바가지

천평 저울에 올려놓으면
작은 바늘만 왔다 갔다 할 뿐
어디개가 짖느냐 나 들으마
티격태격

누구를 위하여 잔소리 해 줄까
누구를 위하여 종소리 울려줄까
세상 끝 보다는 멀고
양미간 보다는 가까운 사이

족두리 내려놓고
귀밑머리 마주 풀어
낭자머리 올려준
촌수 없는 무촌사이

어려우면서도
임의로운 내외지간

조강지처

부르면 마다않고
돌아볼 때마다

언제나 소리 없이
수줍은 엷은 미소

마주보면 변함없는
타인 같은 새 모습

다가서는 행주치마
찌들은 고생치마

젖은 손 놓지 않고
연중무휴 상일꾼

호롱불 등잔 밑에
가정사 도란도란

백발이 다하도록
함께 가는 길동무

고운 꿈 구어라고
곁에 누운 잠동무

하극상

동장군이 풀리고
날씨가 조금
따뜻해지자
조급증이 나서
등이 달아오른
3월이 몇 점 모자란
2월을 만만히 보고
한마디 건넨다

"형, 내가 봄이니
형은 이제 그만
물러앉으시지"
이에 2월이
입춘절기도 자기가
제정했는데
무슨소리 하느냐고
펄쩍 뛰면서 그대로 버티고
앉아있다

머지않아 동생이
달력 한 장을 억지로
밀어낼 눈치다

3부

산다는 것

진달래

겨우내 침묵하며
안으로만 간직해 온
분홍빛 사랑노래

마주보면 얼굴 붉어
수줍어 말 못해도
입보다 먼저 꽃을 피워
온 산 붉게 물들이고
그 꽃잎 연약해도
강인한 생명력 있어 좋아라

바위틈에 숨어서
살포시 피어난 모습
어쩌면
반가운 임 마주하는
수줍은 새색시 볼 같아라

자동 세탁기

가만히 놀고 있으면
주인 눈치만 보이고
돌아야 밥값을 하는 너
오늘도
철썩철썩
파도소리 자아내며
잘도 노 젓는구나

문지르고 비비고
때리고 할퀴고
쥐어짜면서
세파의 때 까지도
꺼억 꺼억 토해내는 헹굼질

기쁜 일 슬픈 일 좋은 일 궂은일
하기싫은 일까지 억지로 도맡아 해내는
너의 이름은
돌쇠도 아니고
마당쇠도 아니면서
자동이란 짝꿍을 만난
새경 없는 우리 집 상머슴

산다는 것

산다는 것은
장님이 색안경 끼고
술래잡기 하는 것

산다는 것은
마라톤 주자가
휴식도 없이
물러남도 없이
앞으로 앞으로만
달려 나가는 것

산다는 것은
곡예사가
외줄타고 묘기를 선보이는 것
오로지 외줄 하나 붙잡고
관중들 앞에서
재주 부리는 것

고로
산다는 것은

결국
험난한 세상살이를
부둥켜안고
힘겨루기 해 보는 것

억지 춘향이

색안경 끼고
리시버 꽂은 사람들아
그렇게 하면
더 잘 보이고
더 잘 들리는가?

색안경 끼면
색안경 모습 그대로 보이고
리시버 꽂으면
리시버 소리 그대로 들리는
억지 춘향이 되었다가

색안경 벗으면
제 모습이 보이고
리시버 뽑으면
제 소리가 들리겠지

이제부터는
처음으로 돌아가서
제 모습 보고
제 소리 들으시게

춘향이는 저리가라 하시게

하얀 목련화

임자 오시기 기다리며
초봄의 빗장을 활짝 열어놓고
아무리 기다려도 오지 않더니
때 되어
배시시 미소 지으며
살포시 피어나는
백련의 단아한 모습

아침 이슬이 꽃잎에 촉촉이 굴러서
하얗게 맨살 드러낸 이파리가
볼수록 청초하여라

하얀 주둥이
가지 끝으로 곧추세우고
살랑살랑 날아오르는 비상

신록의 탄생을 위한
마지막 희열을 발산하고
행운을 갈구하는 목마름

그대는 정녕코
나무 꽃으로 승화한 한 떨기
새하이얀 순백의 "련"이렸다

부부

처음에
두 청춘남녀가 만날 때는
물에 물 탄 듯
술에 술 탄 듯
어울리지 못하고
물과 기름 되어
빙 빙 돌기만 하다가

다음에는 소 닭 보 듯
닭 소 보 듯 서로 별 관심 없이
데면데면 바라만 보다가

좋은 감정이
바늘귀만큼씩 싹트기 시작해서
서로 싸워볼 단계도 거치지 않고
생략한 체 한 몸 되어
모질고 험한 가시밭길
헤쳐 나아가는 것

그런 다음에는 더 늙어서
꼬부랑 영감 할멈이 되는 것

그러다가 맨 나중에는
결국 한 구덩이에서 편히 쉬는 것
유식을 좀 빌리자면
해로동혈* 하는 것

* 해로동혈(偕老同穴) : 살아서는 같이 늙고
  죽어서는 함께 무덤에 들어간다는 뜻

찬바람과 나

한창 청년기때
비가 오는 날이면
막걸리 집에 모여앉아
김치에 노릇노릇 잘 구워진
파전 한 점 곁들여
도란도란 불콰하게
우정의 정을 나누었다

아니다
파전 없이도
김치만 한 접시 놓고도
푸짐 했었다.

나 어렸을 적 할머니께서는
"찬바람 들어온다. 문 닫아라 문 닫아라"
자꾸 재촉 하셨지

이제 내가 황혼기에 들어서고 보니
여기저기 들어오는
찬바람 문구멍 막기 바빠서
파전은 그만두고
김치도 사치스러워
쳐다보기만 할 뿐이다

내가 왜?
이렇게 되었을까?

무등산 無等山

어미닭 되어
광주를 사랑으로 품고 있는
무등산은
잘남도 못남도 없이
등위 등급 등수 등차… 가없는
무등의 산이라네.

치장 하지 않아도 촌스럽지 않고
화려하지도 깊지도 않으며
따사롭고 포근하며
아늑하고 넉넉한 품으로
표정 없이 묵묵히 버티고 앉아
도시를 보호해 주는
광주의 진산이라네

세상풍파에 동요하지도 않고
의연한 자태를 뽐내면서
불상이 남아있는 귀봉암
수정병풍으로 불리는 서석대
무너진 신전 같은 입석대

자랑스러운 명소와
유적지를 소유하고
중용지도中庸之道 를 겸비한
무등산은 진정
남부를 다 아우르는
호남의 유일한 수호 산이라네

밤느정이* 피어날 때

초여름 짧은 밤에
나뭇가지마다
매달린 총채들

휘영청 달이 밝아
전전반측* 누워있으면
뉘 부르는 야릇한 향이
코끝을 상큼
간질이겠다

백설의 그리움을 안은
독숙공방 외로운 여인
어스름 새벽 달구리*에
추위가 찾아오면
밑터진 무명속곳
바람으로
쇠죽솥 아궁이 앞에
나앉아서
군불을 지피는

수절과부 밑자리가
점점 달구어지겠다

또
스스로 무안을 느낀
당사자 얼굴빛도
덩달아 온도가
올라가겠다.

온도 올라간 얼굴이
솥단지 불빛에
반사되어 빨간
홍당무가 되겠다

* 밤느정이 : 밤나무의 꽃
* 전전반측 : 이리저리 뒤척이며 잠을 이루지 못함
* 달구리 : 이른 새벽의 닭이 울 무렵

현충일 비애 悲哀

핏빛으로 붉게 물들인
눈물만 남은 세월
검은 리본 가슴에 다는 호국보훈의 달

청산은 말이 없는데
피맺힌 한 풀지 못하고
귀촉은 저리도 슬피 울어멜까

늦깎이 큰 재롱둥이 되어
엄마 앞에서 아양 부릴 나이에
학도병이라는 미명하에
사지로 끌려가 총알받이 되어
모친의 가슴 한복판에
대못을 박은 막내아들

군복 한 벌 제대로 얻어 입지 못하고
키보다 더 큰 장총을 들고
이름 모를 계곡에서

녹슬은 철모속 패랭이꽃으로
산화해 가신 철부지 소년병

제대로 피워보지 못한 꽃봉오리
한 점 비목碑木으로 남아
부동자세 취하고
눈물샘도 말라버린
주름투성이 노모님의
구곡간장 애끊는
호곡성을 듣습니다

백목련 지는 자리

하늘나라에 산다는
하얀 날개 달린 천사들이
지상세계가 궁금했나 보다

엄동에는 추워서 꼼짝을 않더니
날씨가 풀리는 춘삼월
밤마다 은하를 건너
지상으로 지상으로 내려온 백조들
귀엽게 주둥이 맞대고
잘들 지내고 있어라

가지마다 학들이 모여 앉아서
노닐다 떠난 자리
너희들이 차지했구나

귀찮게 구는 꽃샘추위도
잘들 참아 내더니
한 차례 비바람 견디지 못하고

땅바닥에 낙화하는
가련한 공주들

하얀 모시한복 차려입고
누워있다
조용히 눈감은
우리 어무이 떠나신 바로 그 자리

치매

행여 혹시나 했었는데
맞아 역시나 이었었네

한평생 삶의 소용돌이는
주름 접어서 챙겨 두었을까?
엊그제 기억들은 먹구름 뒤로 몽땅 묻어두고
옛날에 품은 생각들은 잘도 꺼내시네

"가자 어서가자 얼른 집에 가자"
"묵어라 더 묵어라 많이 묵어라"
"가라 어서 가거라. 빠지게 기다리겠다"
"잘 살아라 웃음 웃고 잘 살아야한다"
정신줄 왔다갔다 해도
지금도 자식사랑 변함없는 은공

울어야 할까 웃어야 할까
희극배우도 아니고 비극 배우도 아니면서

확실한 대사臺詞 잊지 않고
지금도 외우고 계시는 임은
배우중의 배우 진정한 명배우

현재는 다 잊고 과거만을 기억하시며
세상근심 다 떠안고 편안히 잠드신
애기천사 되신 우리 빙모님
부디 왕생극락 하소서

* 빙모님 떠나신 날 막내사위

황혼열차

청산은 말이 없이 가만있는데
성급한 들녘은 눈치 없이
윗도리를 벗어 던졌을까?

늘그막 8부능선에서 바라보니
창공을 날던 새는 둥지 찾아 귀소하고
정거장 없는 세월은 무정차로 내달리고
서산머리에 걸려있는 해는
어느덧
저녁놀이 붉게 타고 있다

세월의 무게에 억눌린
황혼열차는
희뿌연 안개 속 징검다리를
가쁜 숨 몰아쉬며
잘도 건너오고 있어라

평지를 지나서
계곡과 비탈길을 거쳐

청가파른 벼랑길도 마다하지 않고
지난날의 앨범사진 잔뜩 싣고
황혼연설까지 읊어 대면서
쉼 없이 점점 더
가까이 다가오고 있네

* 황혼연설 : 노인의 잔소리를 비하하는 표현

사물놀이

하늘을 두드리는 영혼
허공을 가르는 울림이었네
가락에 빠져들어
너도 끄덕 나도 끄덕
경쾌한 리듬 따라
고개가 절로 끄덕끄덕
처진 어깨 들썩들썩

깨갱 깨갱 깨갱 깨갱
꽹과리 외침 높아지면
바빠지는 징소리
징징징징…
큰북은 숨이 차서
헉 헉 헉 헉…
덩달아 빨라지는 장구재비 손놀림
덩덩 덩더꿍 덩기덩기 덩더꿍

중중모리 휘모리
겹쳐지는 자진모리
신명나는 춤사위에
버꾸춤이 빠질쏘냐
어깨춤이 덩실덩실

한恨 이 신바람으로 바뀌면서
풀어내는 내침과 외침의 화합 한 마당
풍류가 따로 있나
자네와 내가 함께 어우러지는
사 물 놀 이 한 마 당

꽃샘추위

꽃샘은
초봄을 시샘하는
방문 판매자

늦겨울 지나고 새봄이 시작되면
행여 자기상품 뺏길까봐
안절부절 못하는 심사

손 시린 가지마다 찾아다니면서
추위를 강매하는 불청객
선량한 단골들이 자기제품 외면하면
춘설과 냉해까지 불러오는
되먹지 못한 놀부 심뽀

겨울은
이른 봄을 잉태하는 산실
설화雪禍의 속보도 아랑곳 않고
옷깃을 파고드는 찬바람이 시려운데
얼음바가지 씌우려드는 꽃샘추위는

움츠리는 냉기 속에 해동하려는
순환의 법칙을 망각하고
계절의 순리를 역행하는
악 덕 상 인

춘설

이른 봄 되어
체 가시지 않은
한기의 여운이
이제 마 ~ 악 몸을 푸는
실버들의 산고産苦이었을까?

굵직한 눈송이가
매화와 산수유의 꽃망울 터뜨리는
이른 봄나절에
한 바탕 옷깃을 파고드는
찬바람과 함께
춘삼월을 시샘하는
함박눈 폭설이 생소하다

꺼낸 봄입성 넣어두고
겨울옷을 다시 꺼내어야 할까보다

며칠 전에
갓을 쓰고 자전거를 타던 노인이
오늘은
도포차림으로
밭을 갈고 있으니…

보릿고개

해마다 풋보리 익어가는 긴긴 봄날이면
화신처럼 찾아왔던 너
가난을 숙명으로 모시던 배고픈 시절
또 한 고개 넘어야 했던 모진세월

괴나리봇짐 지고 울고 넘던 비탈 고개
나귀도 숨이 차서 넘기 힘든 큰 고개
발버둥치고 넘어야 했던 고개
고개 넘다가 고개 빠진 골병 고개
쑥 한 뿌리도 남아있지 않은 쑥 고개

푸른 5월은
보릿고개 넘는달
고개고개 또 고개…

일일이 헤아릴 수 없어서
아예 고개하고 사돈査頓을 맺은
보릿고개 이야기

바라는 것의 기도

즐거움이
옥반위에 구슬 구르듯
저절로 굴러들게 하소서

마음마다 가득가득
화평으로 채워져서
아침 햇살처럼
확 트인 행운이
연이어 따라들게 하소서

둥그런 달덩이 같은 사랑이
한 양푼 가득 넘쳐나게 하소서

은은히 여울지는 소리
출렁이며
늦가을 햇살아래
포근히 녹아들게 하소서

이슬비에
옷자락 젖어드는 것처럼
좋은 일만 골고루
찾아들게 하소서

낙조

이제 마 ~ 악
서산에 떨어지는 노을
붉게 물들다 못해
사그라지는 석양빛
초저녁에 뜨는 낙조가
더 없이 화려하다

분홍빛 하늘
소잔한 햇발
황혼 너울 쓰고
내려 않은 고운 몸짓

하루가 끝나가는 즈음에
서쪽 하늘이 아까보다 더
붉게 불타고 있다

어쩌면
성숙한 한 시골 소녀가
서산머리에서
수줍어 남몰래 숨어서
첫 달거리를 하는지도 몰라

간이역 소묘

급행열차에 밀려서
제 밥값 못하고
한쪽으로 비켜 앉아 있는 완행열차

굉음을 내고 지나가 버리는
바쁜 어른 모셔 보내고
서서히 투레질 하는
핫바지차림 서민열차

1인 역役 맡은 역무원도
깃발만 들고 서 있는
바쁠 것 없는 초라한 시골 한산역閑散驛
그나마 폐역 안 되는 것만해도
다행이란다

언제쯤 막 내릴지 모르는 상황에서
한낮의 뙤약볕이 기승을 부리고
버리고 간 종이컵 두 개가
간이역을 나란히 자리 지키고 있다

4부

부부의 인연

첫사랑

살며시
그대 옆모습 비켜보면
물안개가 에워싸듯
혼미해지는 정신상태

온몸이
문풍지 하르르 떨 듯 떨리는
수줍음 한 보따리

타는 심정 부여안고
가까이 다가서지 못하고
그냥 말없이 돌아서고 나면
남는 건 후회만
한 망태기 뿐

그래서
첫사랑은
이슬 같은 향기로
꽃밭에 물을 주다가
손만 적시고 마는
가슴 뛰게 하는 풋사랑이라 했던가

설익은 맛
풋살구 같은 사랑이어라

줄다리기

끊일 듯
끊어질 듯
팽팽한 동아줄

당겨라 당겨
앞으로 뒤로
가운데 부위 힘빼고
조금만 더 조금만 더

굽이굽이 힘을 합쳐
더욱 치솟는 원시의 기운

암줄과 수줄이 힘겨루기 하는
성난 교접의 천열天悅

먹느냐 먹히느냐
천당이냐 지옥이냐
한 판 승부 벌이는 대 혈투

염라대왕 주심 세워놓고
다 함께 어우러지는
약속된 집단 패싸움 한마당

나목 裸木

한낮의 햇살 땡볕을
장옷으로 버티며 버선 끝을 차더니
상사몽이 깊었을까
화풍병이 도졌을까
차마 눈뜨고 볼 수 없네

긴긴해에 몸이 달아
불그레 번지는 웃음
안팎으로 퍼져나는
화려한 겉치장일랑
아예 외면해 버리고
상사마 유혹하는
강쇠바람을 못 견뎌 내었을까

눈보라에 맞서
참혹히 꺾이는 아픔도
미련 없이 견디며
가진 것 다 내려놓고 떠나는

무소유의 묵시라도
지키겠다는 고집일까

실오라기 하나 걸치지 않고
치렁한 수줍음마저 백주의 대로에
벗어던진 저 나신상裸身像!!

만월

어쩌면 좋아
배가 남산만 하구나
아직
미역준비도 못했는데
혼자만의 배란으로
바람에 실려
은밀히 만삭이 다 되어
동천冬天에 떠 있는 우리 임신부

설흔날 동안을
채우고 채워서
이제는 해산을 할 시간

산방에 짚자리 깔고
아랫목 군불 지펴
미역 한 가닥 찾아서
덤덤한 첫국밥 차려줄게
옥동자 순산 하거라

짝사랑

쳐다보지 못할 나무일까?
방망이질 치는 가슴 진정시키고
홍당무된 얼굴 여미고
그대 앞에만 서면
왜 이렇게 쪼그라들까

할 말은 많은데
입이 열리지 않는
진정 나는 벙어리란 말인가

남몰래 가슴속 깊이 저며 오는
연분홍 그리움에
천강天江 에 노를 저어
하얀 화선지 위에
쉼표 하나 찍고나서

시들어가는 꽃나무에 물을 주는
놓치기 아까워
저 ~ 멀리 떨어져 있는
애틋한 사랑

금실지락 琴瑟之樂

금혼일이 돌아오네
아내와 함께한
깨알 같은 세월 한 자락이
활동사진으로 은막에 반사되어
천천히 다가오고 있네

만남이
둘이 합심해서
모닥불을 피우는 것이라면
결혼은
피우던 모닥불을 화톳불로 변화시켜
잉걸불로 탄생시키는 것이 아닐까 싶다

희미하게 흘러간 50여 성상
애정愛情이 동화同和되어
애중愛重으로 바뀐 자리
황혼의 8부능선 고지에서
문 활짝 열고 돌아보니
어둠속에서 별 몇 점 반짝인다

당신과 나
두 손 꼭 맞잡고
모질고 험한 세상풍파 이겨내며
예까지 헤쳐 나온 가시덤불
앞으로 우리에게 주어진
마투리 삶의 몫은
이승과 저승을 함께하는
해로동혈偕老同穴 뿐이겠지

우리 그때까지
더욱 아끼고
보살피면서
모자란 것 채워감시롱 살다가
무덤 까지도 함께 들어갑시다

간이역에 부는 찬바람

한산하기 그지 없는
어느 시골의 간이역

한때는 인적으로 북적거렸던 중소역
저마다 사연을 들고
도시로 도시로
떠나버린 사람들

오래전에 꺼져있던
석고 등에 켜진 불씨하나
외등 되어 서 있어
희미한 불빛이 새어 나오고
기적소리에 목이 젖은 선로 위에는
아슴한 자장가 같은 울림 한 줄

숨죽일 듯 생이 던져진 철로 위를
기차는 쉰 목소리 토하며
휘어진 레일 따라 멀어져가고
뒤를 이은 싸늘한 찬바람 한 점이
역사내 난로 옆으로 기어들어 온다

황혼

연기도 나지 않고
재도 남기지 않으면서
부끄러움도 잊은 채
삶의 고단한 속내를 내보이는
무거운 짐 내려놓는 시간이면
어김없이 붉게 타는 저녁놀

하루의 일과를 이어준
뜨거운 불덩이가
서산에 걸려있는 순간
누군가에게 자리를 내어주며
정해진 시간에 떠나는 일이
말처첨 그렇게 쉬울 수 있을까?

차면 기우는 것이
우주의 섭리이거늘
욕심 부리지 않고
물러날 줄도 아는 황혼

너는 진정한 황금빛 천사로다

칠석

오늘은 칠월칠석 날
해마다 이날에는
더위가 더욱 기승을 부리는 날
둘이서 흘리는 뜨거운 눈물 탓일까?

동쪽 추좌의 견우성과
서쪽 금좌의 직녀성이
은하를 사이에 두고
오작교에서 서로 해후 한다는 날

일 년에 단 한 번 만나보는
불멸의 깊은 밤에
길들인 거울에다 이마를 맞대고
둘이서 회포를 푸는 날

순간의 짧은 만남에
어느덧 빗방울이 맴돌아
둘이서 헤어져야 하는
견우와 직녀의 눈물이 합쳐진
은하의 큰 강물…

석류

뜨거운 여름햇살
많이 쪼이더니
바알갛게 달아오른 얼굴빛
가을가지에 매달린 복주머니

열정적인 뜨거움으로
쩍 벌어진 속살
새 색시 신혼밤인양
살포시 옷고름 풀어
요염한 앞가슴 내보이는
안에서만 오래 묵힌 알갱이들

바깥을 향해
살며시 얼굴 내미는 누룽지 꽃
이제는 더 이상
가두어 놓을 수 없어
절로 터진 해일의 깃발

벚꽃

살가운 정 감추지 못해
그리움 멍울멍울 피워대는
화사한 너의 자태

싸늘한 밤 등불 켜듯
비추이는 만개한 꽃동산
어쩜 저렇게 눈부신
화려함 뽐내고 있을까

티 없이 맑은 연분홍빛 미소
수많은 미소들이 한데 어우러져
흐드러지게 피었나니
그 속내는 더욱 고와라

숨겨놓은 사연 속에
묻어둔 불씨 하나
번쩍이는 황금빛살 사이로
들려오는 웃음소리

추억

그대와 함께 거닐던 갈대숲길
달콤한 밀어들이 모퉁이 돌아
나목의 끝자락에 열려 있을 때
보름달 같은 미소가 성큼 다가와
둘 사이 거리를 좁혀 주었지

계곡물 소리 청아한 갈대밭에
산까치 한 쌍 날아오르면
바람 따라 떠가는 뭉게구름 한 자락

노을과 갈꽃이 한데 어우러져
은반위를 흐를때
우리는 두 손 마주잡고
미래를 설계 했었지

더도 말고 덜도 말고
선남선녀로 남아
오늘과 같은 삶이 쭈 ~ 욱
이어지게 하자고
기도가 아닌 순수한 설계를…

봄비

주황색 가로등 불빛 사이로
추위에 떨고 있던 가지마다
연초록 땀방울을 매달고 있어
움츠린 망울들이
조심스레 싹을 틔우려나

온종일 빗 사이를 피해 다니면서
매를 맞던 봄은
이제사 겨우 가지 끝에 앉아
하얗게 웃고 있네

겨우내 껴입었던 남루를 벗고
감춰둔 허물을 벗더니
젖은 몸으로 살포시 다가와
촉촉이 가슴적시는 생명의 수혈

웅크린 침묵을 깨고
주린 정을 부풀리더니
빨강 파랑 노랑 눈빛들을
잘도 그려내고 있네

무지개

영롱한 구슬 꿰어
찬란히 떠 있는 구름다리
좌에서 우로 길게 휘어진
안개밭 삶의 무상을
누가 색색으로 빚어 놓았을까?

소나기 잠깐 퍼붓더니
해가 나와
사바의 칠정칠음을
청안으로 다스린
중생의 깊은 고뇌

저녁놀에 비추인 휘황찬 홍교虹橋
어느 유명화가께서
화선지에 일곱색 모아
힘차게 그어 놓은
일곡선 붓놀림 한 획

거울을 보며

존재의 의미 찾아 헤매던
젊은 날의 고뇌와 열정
언제나 작아지는 모습으로
미래를 설계했던 어설픈 각오

붉게 물든 노을빛 바라보며
흩어진 세월의 사금파리 주워 모아
날개는 접어둔채 고운 꿈만 꾸고 싶었다
혼자만의 욕망으로

이리저리 속절없이
떠돌이의 넋으로 구르다가
나중에는 발길에 채이는 하잖은 존재

어느 한 구석도 펴 보일 것없는
바람 빠진 고무풍선
영영 철 못들 칠삭동이 푼수하나

단풍

서산의 붉은 저녁노을 닮고 싶어
가지마다 흐느끼는 잿빛 몸부림으로
봄여름 긴긴 날에 태양을 따르더니
저렇듯 고운 빛깔로 잘 익었을까

맹하의 삼복에 푸르름을 뽐내며
잘도 여물어 가더니 흘린 땀 보람되어
깊은 산 허리춤에 불씨 지펴 놓았구나

인고의 삶 전부를 홀로 외치며
내면가득 담금질 하여
전신을 태워서
제 살점 떼어내며 타오르는 불길

아픈 고통을 밑천삼아
산천을 곱게 물들인
만추의 대향연

부부의 인연

당신과 나는
처음 만날 때부터
둘이 아니었고 하나였지요

억겁의 전생에서
어떤 가슴 떨리는 파동이 있어
눈을 주고 손을 잡았지요

시간과 공간이 당신과 나 사이에
무언의 약속이었고
우리는 머나먼 세월 딛고
하나로 맺어졌지요

하나 일 때는 나요
둘 일 때는 우리라는 인칭대명사로
우리는 애초부터 부부였다오

우리 만난 인연에 감사드리고
현실에 만족하고
다독이며 살다 갑시다

가을이 오는 길목

메밀꽃 흐드러지게 피어나고
빨간 고추잠자리 떼지어 나는
가을 하늘의 공허한 풍경화 한 폭

투명함이 가득가득
외곬으로 밀물처럼 피어나는
초가을의 한 서정

창백한 여인의 입술처럼
처연한 그리움
혼자 있기에는 너무나도 외로운 시간
스치는 바람 한 올이라도
그냥 보내버리기에는
아무래도 허전한 오후

매미는 들어가고
귀뚜리가 환절을 읊는
초추의 문턱

약속어음

세월이 약이라면
앞으로의 미래는 무엇일까?
시간이 지나면 잊혀진다고
말들을 하지만

해가 가고 달이 가고
젊음이 다 지나가도
마음속 앙금으로 남은 원망은
씨암닭의 알둥지 안에
그대로 남아 있네

아픔을 떨쳐내지 못하는 것은
지난날 사랑이 부족했던 나의
죗값이라고 치부하려네

지나온 길 잠시 멈춰 뒤돌아보니
사랑은 넘치도록 채워야 하는 것을
이제는 속절없이 겹겹 골 깊은 주름살 뿐…

건성으로 맹세했던 달콤한 밀어들이
세월 흘러 흘러 돌이켜 보니
기한 지나서 쓸모없는
한 장 약속어음으로 남아있네

동창회 날

반가운 손님이 오시려나
아침 일찍부터
감나무 가지에 모여 앉아
짖어대는 까치들의 합창

복들이 주렁주렁 매달리는
기다림의 날
바쁜 이들은 일찍 서둘러 길 떠나고
몇 남지 않은 알토란 큰 포기
고운 정이 듬뿍 담긴 희락의 한 마당

가무는 없어도
소실 적 함께했던 옛 동심은
씁쓸한 소주잔에 그대로 투영되어

적당히 달구어진 아랫목 구들장에
엉덩이 맞대고 앉아 오순도순
색 바랜 활동사진 되돌리기 하는
입담 구수한 사랑방 이야기들....